KB019102

지구의 끝에 있더라도

지구의 끝에 있더라도

박인희

마음의숲

음악이건 그림이건 글이건 가슴에 와닿는 한 줄기 감동이 없다면 그건 향기 없는 꽃처럼 생명을 잃은 것이다. 사람과 사람 사이의 만남도 마찬가지다.

사람 사이의 가로막힌 암담한 장벽.
그 아득한 거리를 뛰어넘을 수 있는 가슴의 전류가 없다면 그 만남은 얼마나 삭막할 것인가.
누군가 이 글을 읽는 가슴에도 교감의 메아리가 울려 퍼져 우리가 비록 가까이 얼굴을 마주하지 못한다고 하더라도, 목소리를 듣지 못한다 해도 한 가족이 되어 친구처럼, 이웃처럼, 연인처럼 은은한 여운을 함께 느낄 수 있다면 얼마나 좋을까.

1993년 9월 26일
잊을 수 없는 가을에
매슬린에서
박인희

2. 촛불

지 구 의
끝 에
있 더 라 도

박인희

1.

사람에게

사람에게

사람은 많아도
사람 같은 사람
만나기 어려운 세상에서

사람 냄새나는
한 사람을
만나고 싶다

묵묵한 산
어진 숲
바다의 숨결을 지닌
착한 한 사람

마지막 그날
나의 뼈를 묻고 싶은
부드러운 흙

그런 사람을
만날 수 있다면
물이 되어
그의 혼 속으로 스며들고 싶다

쌍둥이

거울 속을 들여다보면
내 얼굴을 닮은
또 하나의 얼굴이
나를 바라보고 있다

내가 기쁠 땐
기쁜 얼굴로
내가 슬플 땐
슬픈 얼굴로

따로 안부를 전할 필요도 없이
따로 안부를 물을 필요도 없이

서러운 모습으로
머물다 사라지는 얼굴

어느 별에서 만난
쌍둥이일까
우리는

일란성 쌍둥이인
우리는

사람에게

모순

사랑하는 사람의 고향이
나의 고향이 되는
오묘한 믿음

사랑하는 사람의 가슴이
나의 가슴이 되는
오묘한 일치

사랑하는 사람의 외로움이
나의 외로움이 되는
오묘한 고독

사랑하는 사람의 영혼이
나의 영혼이 되는
오묘한 은총

모든 어긋남이
하나가 되는
오묘한 조화

삶

지리멸렬한 잡문이 아닌
시와 같은 삶

지금
이 순간이
마지막으로 느껴지는 삶

절대 고독 속에서도
고독만으로는
울지 않는 삶

세상의 모든 것을
포기한다 해도
당신을 포기하지 않는 삶

나의 주님은
오직 한 분뿐입니다

이 말 한 마디 외에는
더 붙일 것도
떼어버릴 것도 없는 삶

사람에게

그런 삶을 살게 하소서

이제 우리는

우리가 이렇게
만나기 오래전
이미 우리는
동해의 결 고운 모래알로
만나지 않았을까

나란히 있었으면서도
모르고 있었던
가까이 숨쉬고 있었으면서도
느끼지 못했던
작은 모래알

산산이 부서진다해도
우리는 곁에 있다
으깨져
바람에 불리운다 해도
우리는 함께 숨쉬고 있다

사람에게

선인장

내 몸에 돋아난
가시만을 보고
나를 가시나무라고
부르지 마세요

태양을 향한 나의 의지
불화살로 깊이 박혀도

목 타는 그리움
갈증의 형벌
안으로 다스려

사막에서도
생명의 꽃을 피우는
인종(忍從)의 여인입니다

그 이름이 아니면

만질 수도
들을 수도
보이지도 않는
님을 따라

때로는 기어다니다가
때로는 걸음마하고
때로는 뛰며
때로는 쓰러지며

홀로 걷는 짝사랑

나의 님
그 한 분은

너무나 당당하고
너무나 오만하고
이 마음을 아시면서도
모르시는 척
눈길 한번 주시지 않으나

사람에게

최후엔
스스로를 낮추시어
겸손의 살을 찢어
사랑의 피를 흘려

어리석은 나의 골수에
그의 영혼을 먹이신다

예수
그 이름이 아니면
그 누가 할 수 있으리

시련의 파도

세상의 악이
나를 에워싸면
에워쌀수록

시련의 파도가
덮치면
덮칠수록

가까이
더욱 가까이

주님 곁으로
걸어간다

사람에게

등나무

너의 척추는
휠 수 있을 때까지 휘어
지친 몸과 마음을 쉬게 하는
그늘이 되는구나

날개 상한 파리도 쉬어 가고
다리가 무거운 개미도 잠을 자고
아픈 영혼도 심호흡을 하고

너의 그늘 아래에서는
풀벌레도
사람도
햇살도
빗방울도
한마음이 되어

다시
잃어버린 꿈을 꾼다

나도 너처럼
기진맥진한
누군가의 그늘이 되어 주고 싶다

석류

모멸의 세월을 견디며
내면으로 쌓아 올린
견고한 성

쪼개면 쪼갤수록
나의 심장은
알알이 영근 보석

인고의 시간
저 너머에 묻은
핏빛 그리움

오늘도
나의 육신은
비바람 속에서
죄의 허물을 벗는다

어둠의 알을 깨며
새벽을 부른다

낙엽
−다리다를 위하여

한 장의 묵은 입장권
무심히 펼친
책갈피 사이에서
구겨진 얼굴이 울고 있다

1986년 10월 25일
토요일 밤
슈라인 오디토리엄 무대
춤과 노래로
매혹과 우수를 떠올리게 하던
긴 머리의 다리다

오십 대 중반
믿어지지 않던 그 연륜
그날, 내 가슴을 휘저어 놓던
그녀의 열정

이듬해 봄날
다리다는 영원히 가고 말았다

미안해요
더 이상 삶을 지탱해 나갈
자신이 없어요

마시던 술잔
유서 한 장

사랑과 노래 속에
고독을 묻고
나뭇잎처럼 떠돌던 삶

정녕코 이 땅엔
영원한 버팀목이 없는가

그 어느 것도
구원이 없는가

혼신을 다 했던
사랑도, 노래도
결국 무(無)인 것일까

사람에게

헛되고 헛된
자맥질일까

한 장의 묵은 입장권

가을
책갈피 사이에서
사라진 얼굴이
무심히 나를 바라보고 있다

우수의 목소리가
나를 부르고 있다

그해 가을엔
고혹의 여인이더니
올가을엔
낙엽이 되어

상실

처절한 감정의 소용돌이를 겪고 난 뒤
바라보는
꽃은 더욱 아름답다

보랏빛 매무새
그 언저리를 맴돌다 날아가는
호랑나비

격정을 이기고 난 뒤
바라보는
하늘은 더욱 푸르다

구름 한 점 없는 평화
그 중심을 감싸 안은
햇살

절망의 피범벅을 씻고 난 뒤
혼자 듣는
베토벤의 음악은 더욱 환희로 충만하다

음(音) 하나하나가

사람에게

그대로 심장에 닿아
수직으로 꽂히는
트리플 콘체르토

두 눈을 부릅떠도
슬프디 슬프게만 보이던 것들이
맥없이 가는 눈으로
바라볼 때
비로소 와닿는
그 절절한 실체감

부둥켜안으려던 것들을
덩이째 놓아버린 뒤
놓아준 것보다 더 크게
가슴에 와닿는
이 넉넉함

상실 뒤에 풍요
평온
그 진수를
이제 알겠네

한약을 달이며

뜨거운 열은
가(加)하면 가할수록
결국
끓어 넘칠 수밖에 없다

우리의 하루하루는
약탕관 안에서
끓며, 넘치며, 졸아드는
거품의 소용돌이

슬픔의 거품
꿈의 거품
탐욕의 거품
갈등의 거품
회한의 거품

마침내
한 방울, 사랑의 거품마저도
졸아버린 뒤

남겨진 증류수(蒸溜水)

삶이여
탕약 졸아들 듯
졸아들거라

쓰디쓴, 담즙 스미도록

2.

촛불

촛불 1

스스로를 태워
불(火)고드름으로
홀로 서 있다

타오를수록
호수로 고이는 눈물

너는
내 심장의 뿌리까지
깊이 박혀
점 하나로
여위어 가고

불(火)고드름
너를 품은 채
눈물은
밀랍이 되다

촛불 2

어쩌면 이렇게 타오를 수 있을까
뜨거운 불길 속에서도
견딜 수 있을까
깨끗하게 그을음도 없이
소멸할 수 있을까
녹을 수 있을까
다 내어줄 수 있을까

예수님처럼

촛불 3

사람은
물에 빠져 허우적거려도
너는 초연하다

거머쥘 지푸라기 하나 없이
홀로
물 위로 솟아오른 수련

수렁 속에서도
깊이, 더 깊이
뿌리를 내린 너

소멸할수록
하늘 우러르는 영혼

아름다운 배반

촛불 4

부여잡지 않아도
이미 하나인 우리

너는 빛
나는 네 가슴을 지키는 불씨

빛이 사라지는 그날
불씨도 침몰한다

저세상에 가서도
하나일 우리

촛불 5

하염없이 흐르는
뜨거운 너의 눈물

내 가슴은 무너져
강이 된다

강 속에 스민
눈물은 말한다

견고한 것보다
더욱 강한 것은
부드러움이에요

촛불6

망치로 내려치면
나는 깨어져 버리겠지요

산산이 부서져 버릴 뿐
아무도 내 모습을
바꿀 수는 없어요

그대는 누구십니까

대리석 둥근 기둥을
한 송이 백합으로
다시 태어나게 하시다니
겸허한 마음으로
고개 숙이게 하시다니

한마디 말씀도 없이
연장도 없이

촛불 7

마침내
바다에 이르렀다

거센 물살을 가르며
지칠 때까지
헤엄쳐 온 어부

바다의 한복판에
그물을 던지고

새벽을 지키는
파수꾼이 되었다

촛불 8

적막 속에
홀로 서서
춤을 춘다

음악이 없이도
나는 이제
춤출 수 있어요

달빛이 없어도
이젠 외롭지 않아요

고도에서 마주친
내 그림자

참담한 슬픔 속에서도
미소 지을 수 있어요

3.

아버지의 발자국

아버지의 발자국

태어나서부터 지금까지
어른이 되도록
단 한 번도
당신의 꿈을 꾸어보지 못했습니다
아버지

지난봄
할아버지 제사를 지내기 위해
남해를 다녀온 친구는
제삿밥을 짓기 위해
널어놓은 쌀 위에
몇 년 만에 나타난
돌아가신 할아버지의
발자국에 대해 얘기해 주었습니다

친척 언니가 두 눈으로
똑똑히 보았노라며
친구는 부지런히 쌀을 씻어 놓은 뒤에
도착하는 바람에
벼르고 벼른
그 발자국을 보지 못한

안타까움을 들려주었습니다

제가 하나님을 믿기 때문에
그 얘기를
미신이라고 믿지 않을지 몰라도
아직도 시골, 어디선가는
이미 돌아가셨지만
넋이라도 다녀가시기를 바라는
살아있는 사람들의
간절한 그리움이 남아 있노라고
친구는 힘주어 말했습니다

갈증으로 가슴이 헛헛해 오는
요즈음은
이 딸도 당신의 발자국이
보고 싶습니다

제사는 드릴 수 없어도
스친 듯 잠깐이나마
꿈속에서라도
당신의 발자국이

보고 싶습니다

헛되고 헛된 세상
모든 것이 안개인 듯
잠깐이라고 하더라도
꿈속에서나마
당신의 목소리가
듣고 싶습니다

내 딸아! 힘을 내거라
쓰라린 분노도 다 삭여
미소를 잃지 말 거라

판에 박힌 세상의 이야기라 하더라도
당신의 말씀이
기다려집니다

당신의 위로를 받으며
다시 일어서고 싶습니다

아버지의 발자국

아버지
당신이 계신 곳은 어디입니까

천국입니까
천국과 이 땅과의 거리는
그토록 먼 곳입니까

하나님의 허락을 받으셔야
다녀가실 수 있는 것입니까

어릴 땐 미처 몰랐던
당신에 대한
또 다른 그리움이
어른이 되면서 더욱 깊어지고
흰 머리가 눈에 띄면서
그리움의 골이 패였습니다

영원한 젊은이로
세상을 떠나신
당신의 모습은
빛바랜 몇 장의

흑백 사진 속에서만
겨우 찾아볼 수 있습니다

아버지
언젠가는
우리 다시 만날 그날이 있겠지요만
지금쯤
한 번만이라도
이 딸을 불러주세요
나직한 목소리로
저의 이름을 불러주세요

보고싶은 아버지

솔 내음이 그리 좋으셨던가요
아버지
당신의 이름에선
송진 내음이 묻어옵니다

네가 떠나던 날
−한열에게

의외로 죽음은
죽음이 아니라
부활임을

한열아
너를 통해 배웠다

네가 떠나던 날
사람들은 길목에서, 거리에서, 정든 너의
교정에서
마지막 가는 길을 지켜보기 위해
그토록 서성였다

종려나무 잎새들이
바람에 펄럭이는 날
이국의 하늘 아래에서
한스런 너의 혼을
피 묻은 너의 혼을
하나님이 안아주실 것을 믿으며
나도 기도했다

살아있는 내가
부끄러웠다

땅에 묻혔으나, 묻힌 것이 아니고
너는 잠들었으나, 잠든 것이 아니다
홀로 떠나갔으나, 떠난 것이 아니다

육신은 사라졌으나
우리는 너를 잊을 수 없다
결코
잊을 수 없다

아버지의 발자국

서울에게

그리움과
회한의
너, 서울이여

나는 너를 향해
가슴을 열었으나
너는
나를 떠미는구나

너는 불타고 있다
돌팔매 속에 묻혀 있다
연기 속에 에워싸여 있다

나도 지금 불타고 있다
돌무더기 속에 갇혀 있다
숨이 막힌다

박살난 유리 조각 같은 내 마음
처연한 너의 모습, 서울

질문

"엄마
우리나라에도 민주주의가 있어요?"

열 살, 티 없는 아들의 질문
겁을 먹은 중년 여인

"왜, 갑자기, 민주주의에 대해서 묻니?"

"학교에서 선생님이 알아 오래요
잘 모르면 어른께 여쭤보고라도
꼭 알아오래요"

아들의 담임 선생님은 유태인이다
요즘 계속해서
하루도 빠짐없이
신문과 방송
남의 나라의 중요한 뉴스 시간에까지
들먹여지는
작은 우리나라 소식

데모, 최루탄, 종철이, 한열이
야당, 여당, 연기, 돌팔매…
1980년대의 한국의 민주주의

있다, 없다
한마디면 족할 것을

우물쭈물 말 못 하는
부끄러운 어른의 속마음

아들은 알까?
유태인 선생님은 이해할까?

명쾌한 질문에
명쾌한 답변으로
응수하지 못하는
어물쩍한 어른

있다, 없다
한 마디면 족할 것을

보내지 못한 편지
−김영원 씨를 생각하며

정성껏 보내주신
책과 오징어
김과 뱅어포

당신의 마음인 듯
고맙게 받았습니다

서울 생각이
간절할 때마다

어금니가 뻐근하도록
오징어를 씹고 있습니다

삼켜지지 않은 오징어
가슴의 응어리

사무치게 보고 싶던
정다운 이웃

두고 온
얼굴들

사과꽃이
흰 눈처럼
펄펄 날릴 때

가슴속 얘기를 나누며
서울의 거리를
함께 걸어볼 날이 있을까요

밤 비행기

반달 아래
꿈꾸듯 떠가는
밤 비행기

어디로
가고 있는가

내 몸은
사막에 서 있고
마음은
비행기를 따라
밤하늘 속을 흐른다

날아가지 못하는
나

달빛 아래
흰 유도화는
더욱 눈부시다

서울은 아득히 멀다
오늘 밤, 유난히

영원한 친구

내가 외로울 때
그 외로움을 함께 마신 친구

내가 배고플 때
눈물 젖은 빵을 함께 나눈 친구

내가 갈 곳이 없을 때
피곤한 육신을 쉬게 해준 친구

내가 영혼의 갈증을 느낄 때
나를 위해 기도해 준 친구

나의 꿈이 부서져 버렸을 때
지친 어깨를 감싸주는 친구

내가 억울한 일을 당했을 때
울분을 함께 삭혀 주는 친구

무덤까지
가슴에 지니고 갈
소중한 친구

그런 친구가 곁에 있는 한
세상은 아름답다

안젤라 1

문득
살아있다는 것이
수치스럽게 느껴질 때

고통의 정수리에서
가슴을 내어주는 벗이
내게 있다는 사실

그 이상
더 무엇을
아쉬워할 수 있겠는가

안젤라 2

보고 싶은 마음 달래며
녹차 한 주전자를
다 비웠습니다

왼쪽 몸이 저리시다구요
지압도 못 해 드리는 대신
멀리서나마
완쾌를 빕니다

오늘따라
L.A.의 밤하늘은
제 마음을 닮아
안개가 자욱합니다

안젤라 3

어두진미의 뜻을
누구보다 더 잘 알면서
생선의 맛있는 머리 부분은
언제나 내게만 밀어주고
자신은 허리 아래부터
꽁지 쪽만 먹고도
흐뭇해하는 친구

만나면
더 무엇을 잘 해 줄 것이 없을까
더 많이 줄 것이 없을까
애를 쓰는 친구

가진 것이 많아서
부자이기보다
넉넉하게 마음을 쓸 줄 아는
진짜 부자인 내 친구

사랑을 베풀 줄 아는 그는
항상 유쾌한 얼굴이지만
가슴 한구석엔

아무도 모르는
눈물이 고여 있다

나만이 아는
신만이 아는

두 사람

로즈먼 다리에 뿌려진
두 사람의 재

만나서
헤어지기까지

두 사람의 사랑은
나흘뿐

그러나 지울 수 없는
두 사람의 추억은

죽음도
갈라놓을 수 없다

아쉬움 없이
서로 사랑하고

욕심 없이
서로 헤어져

이 세상의
단 한 사람

그 사람 외에는
관심도, 충동도 없던 두 사람

서로
나뉘어 살다가

죽어서
한 줌의 재로

처음 만난 그 자리에서
다시 만난

영원한 사랑

살아서도
죽어서도

하나뿐인
남자와 여자

신호등

어디로 갈 것인가

푸른 신호등 아래 서서
나는 막막하다

눌러 쓴 밀짚모자
짓눌린 가슴

불볕의 사막을
낙타처럼
터벅터벅 걷는다

야곱이여
환도 뼈가 부러지도록
천사와 씨름하던
야곱이여

가슴에 엉겨있는
비통과 씨름하며
나도 환도 뼈가 부러지도록
내 자신에게 이기고 싶다

껍질을 깨고
다시 태어나고 싶다

아버지의 발자국

보름달

공중전화 속에서 울려 오는
어머니와
아들의 목소리를 듣고
돌아오는 밤

밤하늘을
환하게 비춰주는
보름달의 미소

풀벌레 소리마저
들리지 않는
깊은 밤의 적막을
위로해주는
어머니와
아들의 얼굴

태평양 바다 건너
멀고 먼 곳에서도
환이
아들의 그 이름처럼
저 달은 환하게 비추고 있겠지

저 달은 환하게 빛나고 있겠지

어머니는
저 달을 바라보시며
한련화를
이 딸인듯
쓰다듬고 계시겠지

내가 떠난 후
올해는 치자꽃이
열네 송이나 피었다고
편지를 보내주셨다

지금도
보름달을 우러러보시며
치자꽃 향기를
맡고 계시겠지

아버지의 발자국

4.

이
국
의

가
을

이국의 가을

귀뚜라미 소리마저
들리지 않는
아득히 먼 곳에서
가을이 오는 소리를 듣는다

너와 함께 듣던
그레고리안 성가의 여운

짧은 해후
긴 이별

만날 수 없는
너와 나처럼

적막한 가을

9월

손바닥에
올려놓고 바라보는

대추 한 알
밤톨 한 알

들에 나가
익은 곡식들을
거둬들이지 못해도

벌판에 서서
떨어지는 나뭇잎을
바라보지 않아도

외로운 바람 소리를
듣지 않아도
벌써
가을인 줄 압니다

텅 빈 가슴을
가득 채우는

눈물겨운 고마움

이 가을
한 알의 열매로도
넉넉합니다

이국의 가을

가을비

가을이 오는
길목

김영미가 들려준
피아니시모

은하수에
머리를 감은 느낌이다

한 여자의
영혼에서 울려 오는
가을비

그 빗속에
풀잎 스치는 소리

내 가슴으로
밀려오는

푸른 여치의
속 울림

빛의 길

열매는
거꾸로 매달려
순하게
오렌지 빛으로
물들어 간다

물 한 모금 없이
나뭇가지로
잘리운 채

빛의 길을
걷고 있다

침묵

쓰지 않은
그래서 보내지 않은
당신의 편지를 읽었습니다

쓰지 못한
그래서 보내지 못한
나의 편지를
당신도 읽으셨나요

백지 위에 떠오르는
당신의 마음

울리지 않는
전화벨 소리
당신의 목소리를 들었습니다

돌리지 못한 다이얼
나의 목소리를
당신도 들으셨나요

침묵 속에 들려오는
당신의 목소리

이국의 가을

고개 숙인 나

– 오빠를 생각하며

말하지 않아도
그는 알고 있다

마음속으로
무엇인가를 생각하고 있으면
아무 말 하지 않아도
이미
모든 것을 이해하고
내가 원하는 곳으로
동행하고 있는 오빠

자상한 그 마음
지상의 어느 남자가
따를 수 있을까

이웃의 어려움
이웃의 외로움을
자신의 아픔으로 받아들여
폭넓은 가슴으로
감싸주는
사랑의 정성

묵묵히

모든 일에 최선을 다하며

어려움을 겪고 있는

사람들을 위해

항상 베풀기만 할 뿐

아무 대가를 바라지 않는다

겸허한 그 손길 앞에

고개 숙인 나

바다 같은

큰 사랑 속에

목이 메는 나

이국의 가을

어둠 속에서도

내가 새벽을 향해 갈 때
너는 어둠 속에 잠겨 있고

네가 아침을 향해 갈 때
나는 어둠 속에 묻힌다

밝음과 어둠으로
엇갈려

어둠 속에서도
잠들지 않고

나는 너를
너는 나를
부른다

혹은
서로를 부른다

구름

돌아오지 않아도 좋다

기다림은
기다림만으로 족할 뿐

무화과나무 사이로 보이는
구름 조각들

안타까워하고
가슴 졸이고
괴로워한들

흘러가는 구름 한 조각에
비할 수 있을까

아름다운 편린

부끄러운 나의 허물

우수

글 한 줄
쓸 수 없는 밤

깊은 정적

초가을 밤하늘은
눈이 시리다

창 밖
어둠 속에서
자지러지게 울다 사라진
고양이의 울음소리

와락
이 외로움을
비웃는구나

내려치는
채찍보다
더 아픈
무소식

바람과 나무

네가 나의 잎사귀를 흔들면
나는 그대로 흔들리고

가지가 부러지라면
그대로 부러지고

죽으라면
뿌리째 뽑혀

너를 위해
기꺼이 죽을 수 있다

네가 부는 방향을 따라
절대의 순종으로

이국의 가을

축복

진실이 하늘에 닿으면
새들도 날아와
전깃줄에 앉아
사람의 음악에
귀를 기울여 듣고
사람의 말소리에
가슴을 모은다

사람이 미물과 교감하는
아름다운 오후

비 온 뒤의 무지개보다
더욱 선명한
햇살 속의 무지개를
바라볼 수 있는
축복

밤나무

아들아!
어린 시절
네가 뛰어놀던 놀이터 옆에

누가 심어 놓았는지
밤나무 한 그루가
자라고 있다

긴 장마 속에서도
쓰러지지 않고

눈보라 채찍을 맞으면서도
휘어버리지 않고

불더미
태양 아래서도
무릎 꿇지 않던

당당한
자존심

이제
가을이 되어

하늘 아래
굳게 잠궈 놓았던
비밀의 열쇠를
겸손하게 드린다

이 땅의
모든 아이들에게

돌

내게로 울려 오는
메아리

빛 한 줄기
돌려보내고
나는 돌이 되었다

한마디
변명조차 하기 싫은
나날

돌아!
입 다문
네가 부럽다

침묵은
깊은 신뢰
깊은 절망
깊은 사랑일 때

이국의 가을

비밀의 메아리

아들의 방 한 귀퉁이에선
현 하나가 끊어진
바이올린
숨죽인 채 눈치를 보고 있다

어떤 음의 절정에서
두 손을 들었는가

아들의 방문을 열면
열광적 예지의 극을 달리던
끊긴 바이올린의
메아리가 울린다

묻고 싶지 않은
비밀의 멜로디

보호해 주고 싶은
비밀의 메아리

투병기

− 국화에게

시름시름
누렇게 병색이 짙던
너의 모습

깊을 대로 깊어진
가슴앓이
터뜨리던 꽃망울마저
안으로 삼키고
비수에 찔린 듯
고개를 떨군 모습이었지

마루 한 귀퉁이
목숨을 포기한 너는
찬물도, 수혈도 거부한 채
온몸으로 죽어가고 있었지

국화야
인내도
절망도
그 어느 것도

이국의 가을

저울질 할 수 없는 너를
나는 포기할 수 없었다

너를 안고
베란다
보드라운 햇살 아래 뉘인 채
하루하루를
얼마나 안쓰러운 눈빛으로
지켜보았는지

바삭바삭
마른 검불처럼
죽어가던 너
나 대신 죽어가던 너

오기였을까
찬물을 퍼부으며
나도 너를
잊고 싶던 어느 날

전율처럼 파랗게
잎새마다 스민
생명의 심줄

내가 너에게 준 건
안쓰러운 눈빛이었을 뿐
날마다
너에게 머무는
한숨 담긴 눈빛이었을 뿐

눈시울 젖으며
먼 발치에서 서성이던
목마름이었을 뿐

5.

건너지 못할 강

황혼 무렵

웨스트 모어랜드의 야자수는
유난히 목이 길다

어둑한 저녁
도서관에서 집으로
돌아가는 길

너를 생각하며
걸을 수 있는 지금
행복하다
비록 좁은 길일지라도

눈앞에 보이는 것은
철책과 아우성

너를 생각하며
풀내음 맡을 수 있는 지금
행복하다

언제인가를
풀내음처럼 싱그럽게

만날 날 있음을 믿는다

생애 그 어디쯤
꼭 한 번
다시 한 번
만날 그날 있음을 믿는다

황혼이 굽어 보고 있다
너의 눈길처럼

첫사랑, 주님께

당신 속에
나를 잃어버렸어요

나를 찾지 마세요

잃어버린 채로
당신 속에
깃들어 있고 싶어요

당신이
바로 나예요

건너지 못할 강

나의 연인, 주님께

냉담한 카츄샤를 따라
시베리아 벌판을 헤매이던
순정의 그 남자

벽계수를 떠나보내고
넋 나간 바람처럼
산길을 오르던 황진이

애타는 해후를 기다리다
마침내, 라라의 뒷모습을 바라보며
심장이 멎어버린 지바고

주여
그들의 마음을 알 것 같아요

나의 연인이여
당신을 사랑하매
진액이 빠져버린
탈진한 들짐승을
불쌍히 돌아보소서

이 새벽

잠들지 못하고

홀로 서성이는

한 마리 사슴을 기억하소서

건너지 못할 강

?씨의 독백

충혈된 눈
뻐근한 어깨
감각조차 느껴지지 않는
사지(四肢)

어둠 속에 갇혔던
나의 척추는
부르짖는다

그리운 얼굴
바닷바람
펄펄 뛰는 생선회
그 무엇도
오늘은
죄다 마감

잠의 나락 속으로
떨어지고 싶다

그러나 안락사 직전에서
구출된

명료한 의식

내 정신의 주인은
누구인가

내가 긋는 한 획은
가슴을
울릴 수 있는가

오늘
내가 흘린 땀방울은
신선한가

쓰린 눈을
어루만져 주는
별

건너지 못할 강

이 세상에는
말로나
글로도
설명할 수 없는 일이 있습니다

원인과 결과가 뚜렷해도
명확한 진실을
토할 수 없을 때가 있습니다

사람의 마음속에 깃든
진실의 뿌리
그 깊이, 넓이, 높이를
아무리 발가벗긴들
제대로 표현할 수 있겠습니까

사람과 사람 사이의
건너지 못할 강

기진맥진 노 저어 간들
끝내 닿을 수 없는 기슭
이 가파른 물결

이 두터운 절망을

주여
당신만이 알고 계십니다

당신만이
허물어 주실 수 있습니다

건너지 못할 강

나팔꽃 일기 1

연약한 네가
온 지붕을 덮는 동안
나는 무엇을 했는가

투명한 눈물로
온 담벼락을 감싸 안는 동안
나는 무엇을 품었는가

가냘프지만
강인한 너를 보며
또다시 힘을 기르고
견디며 사는 법을 배우는구나

작은 것 속에
숨어 있는
우주의 힘

나팔꽃 일기 2

어쩌자고
너는 그렇게
기어 오르고만 있느냐

향나무의 가슴을 향해
한사코 손을 뻗는 너는

찬비를 맞으며
불볕을 견디며

깊은 밤
더욱 키가 자라는 너는

시련의 발돋움
자욱마다 피가 맺힌 너는

나팔꽃 일기 3

대견하구나

변치 않는 것은
너밖에 없구나

하루에도 몇 번씩 변하는
사람의 마음을
일깨워 주기라도 하듯이

바람이 불거나
비가 내리거나

새벽이면 어김없이
환히 웃는 너의 모습

나팔꽃 일기 4

좀도둑을 막느라
사람들이
쳐놓은 철조망

사람은
찔릴까 봐 두려워
피해 달아나도
너는 철조망을
가슴으로 품어 안는구나

겁도 없이
기어오르는구나

의심도 모르고
불평도 모르고
오직
불같은 믿음만으로

4월의 기침

기침을 한다
죽어야 할 나는 살아있고
내 대신
피를 토하는 진달래

내 가슴에 대못을 박으며
4월엔
목쉰 울음으로
기침을 한다

허공을 향해
컹 컹
기침을 한다

징소리처럼
덩 덩
기침을 한다

주님의 손길

허망할 줄다리기를 하다가
그 줄이 끊어졌을 때

어둠 속에서
내 손을 잡아 주는 건
주님의 손길뿐이더라

예수여
당신을 배반한 뒤에야
더욱더 절실하게 깨닫게 되는
단 하나
참사랑의 예수여

이 세상에서
당신 아닌
그 누군가를 찾아 헤매인다는 건
헛수고임을 깨닫게 되는
이 참담함
이 초라함의 실체를
일깨워주는 이여

수은등

오거나
오지 않거나
그런 건 이제 아무래도 좋다

아직은
나에게 견딜 수 있는 힘이 있어
묵묵히
땅만 바라볼 뿐이다

죽어라고 고개 숙인 나를
비웃지 마라

먼지를 뒤집어쓴 채로
한낮의 온갖 조롱 속에
여윌지라도

누가 아니
먼 훗날
백발 나부끼며
어디선가 다가올
마음 가난한 사람을 위해

어둠을 밝혀 줄

불씨가 되어 줄지

건너지 못할 강

하늘 그 너머로

신념으로 살아가는 사람은
외롭다
그러나 외롭지 않다

앞을 보아도
뒤를 보아도
옆을 보아도
현실은 쓰디쓰다

그러나 신념으로 살아가는 사람은
하늘을 본다

하늘
그 너머로
빛을 본다

2월의 바다

호되게 몸살을 앓고 난 뒤
오랜만에 바다 앞에 섰을 때
산타 모니카
서슬 퍼런 너는
칼날을 세운 채
나를 품어주었다

오지 않을 허망하게
한 번 더 걷어 채이며
터벅터벅
너에게로 걸어갔을 때
바닷속으로
들어오라고
들어오라고
깊은 가슴을 열어 주었다

더 높이
더 멀리
더 힘차게
날아가기 위하여
우수수 떨어지는

건너지 못할 강

물새들의 깃처럼
고단한 삶

부대끼는 선과 악
추함과 아름다움이 공존하는
시행착오

미아처럼 떠돌며
기댈 곳 없는
사람의 좁은 가슴을
통째로 품어주는
2월의 바다

1989. 12. 31.

– 촛불 예배를 드리며

방황의 마침표를 찍는
아름다운 밤

지구의 끝을 걸어온
패잔병들이 모여
쇠진한 가슴으로
실핏줄마다
촛불을 밝히며
주님을 우러르는 밤

부활절 새벽에

달이 나를 부른다
달이 나를 불러

죽음 같은 사랑이
너에게 찾아오더라도
받아들이라고
다 품어 안으라고

세상에 이제 마악 태어난
아기처럼
순결하게
기쁘게
사랑을 향해 달려가라고
만월처럼 환히 웃으며
뛰어가라고

절룩이며 다가오는
헐벗은 영혼 하나
품어주라고

아! 하나님
당신이 저를 여자로 만들어 주신 것이
이렇게 황홀할 수가 있습니까

당신의 사랑을 받는 여자라는 것이
이렇게 황홀할 수가 있습니까

이 새벽
태어나서 처음으로
부활의 의미
그 뜨거운 감격
솟구치는 기쁨을 알았습니다

건너지 못할 강

6.

지구의 끝에 있더라도

지구의 끝에 있더라도

어둠 속에서 숨죽여
한숨을 쉬는 것은
나 혼자만인 줄 알았다

친구야
너도 숨통이 막혔었구나

고흐는 그래서 귀를 잘라버렸을 거야
사람이면서 사람대접을 받지 못했던
화가이면서 그림으로 표현할 수 없었던
친구이면서 이해받지 못했던
예술을 사랑하면서 인정받지 못했던
처절한 삶

억울한 사람만이
그 쓰린 삶을
통째로 껴안을 수 있다

두 눈에 넘쳐 흐르던
너의 눈물

가슴이 답답할 때면
오늘처럼
언제나 내게 기대거라
그리고 실컷 울어라

지구의 끝에 있더라도
네가 울고 싶을 때
너를 위해 달려갈게

네가 지친 마음 쉬고 싶을 때
오래도록
눈치 안 보고 쉴 수 있는
원두막이 되어 줄게

숨을 쉬거라
맑은 바람을 깊이 들여마셔라

내가 너의
쉼터가 되어 줄게

조프리의 밤

바다가 보이는
언덕

자애로운
그대의 눈길을 닮은

캘리포니아의
밤의 빛깔

한 잔의
와인 향기가 스며 있는

조프리 바닷가의
밤

가슴에 문신처럼
새겨진

한 송이
우정의 꽃

봄의 소리

"앞으로는
박인희 씨에게
좋은 소식
기쁜 일만 있으라고
이 작품의 이름을
봄의 소리라고 붙였어요"

11월의 황량함을
감싸준
그녀의 밝은 목소리

잿빛 버들강아지
자줏빛 국화
푸르른 들꽃과
상앗빛 엉겅퀴

풀썩 먼지만 날리는
메마른 내 가슴에 안겨준
마른 꽃바구니

꽃은 마른 꽃이지만

사랑은 마르지 않았다

사막에
살아있는
버들강아지

지구의 끝에 있더라도

무지개

죄다 잃어버린 사람이
황송하게 우러르는
12월의 빈 하늘
비 온 뒤의 무지개

3가와 하우저(Hauser)
핸들을 쥔 두 손이 울고 있다

사람은 애써 하늘을 외면해도
결코 하늘은 사람을 버리지 않는다

사람은 사람에게 상처를 주지만
문둥이처럼 헐어버린 상흔을
씻어 주는 것은 하늘이다

숙였던 머리를 힘차게 들고
은총의 무지개를 우러르다
이대로 숨진다 해도
후회 없다

새해에 드리는 기도

새해가
다시 온다고
무슨 일이 크게 달라질까만은

바스라진 가슴으로
그래도
새해라고
뇌어 봅니다

주여!
새해에는
새 힘을 주세요

비록
사흘이 지나면
또다시 묵은 마음으로 돌아가
그저 그런 날이 계속된다 해도
새 힘을 주세요

남의 것이라 여겨져
감히 입 밖으로 부르지 못했던

희망이라는 이름과

낯선 길손이라 생각되던
꿈이라는 얼굴과도
마주 바라보게 해주세요

희망과 꿈이 악수를 하는 세상
불신과 미움
질투와 저주가 소멸하는 세상

이제 더이상은
사랑하던 사람과
믿고 싶어 애를 썼던 이웃들에게
배신당할 기력이 없습니다

식어가는 심장과
탈진한 눈꺼풀로
감히 당신을 뵐 염치가 없습니다

살아갈수록
기도의 말수는 점점 더 줄어들고

웅크린 채 앉지도 서지도 못해
쓰러지는 누더기 한 점

이 죄인을 불쌍히 여겨 주세요
이 죄인을 버리지 말아 주세요

비록
사흘이 지나면
또다시 묵은 마음으로 되돌아가
그저 그런 사람 속에 섞여 산다 해도
새 힘을 주세요

죽기까지 기다리는
죽기까지 사랑하는
죽기까지 믿고 싶은
새 힘을 주세요

지구의 끝에 있더라도

새벽에 마시는 차

새해
새벽 두 시에
깨어 일어나
녹차를 마신다

정월 초하루

매슬린(Maslin) 거리에 내리는
새벽 빗소리

그 겨울
눈 내린 서울
마음 맑은 사람이 보내준
녹차

차의 맛을 알고
차의 향기처럼
살아가는 사람

새해
새벽 빗소리를 들으며

새로운 마음으로
녹차를 마신다

지구의 끝에 있더라도

겨울 빗소리

눈 감고 들어보아라

음악보다
더 아름다운
겨울 빗소리

꽂았던 머리핀
풀어 내리고
가만히 들어보는
낮은 목소리

혈관을 흐르는
생명의 소리

아!
살아서 듣는
겨울 빗소리

배추속댓국

겨울비 내리는 아침
배추 속댓국의
정갈한 맛

식탁에 더운 김은 피어오르고
더 이상 아무것도
부럽지 않을
가족들의 따스한 얼굴
발그레한 볼

이국의 외로움
그 갈증을
한 그릇의 배추 속댓국으로 달래고
행복을 느끼는 사람들

가지런히 놓인 수저
마주 보는 눈동자에
이슬처럼 반짝이는
감사의 수증기

빈 그릇에

내려앉은
충만

날라리 행진곡

올챙이도 뛰고
꼴뚜기도 뛰고
망둥이도 뛰고

너도 뛰고
그도 뛰고
어물전 망신이 따로 없구나

여기저기 굿판을 벌이는데도
장터의 신명 나는 한 판을
구경할 수 없구나

여기저기 악을 쓰는데도
장터의 김이 무럭무럭 나는
국밥 한 그릇의 구수한 맛이
사라졌구나

진국은 어디로
떠났는가

지구의 끝에 있더라도

진국이 들려주던
참된 소리

가슴으로 전해 주던
믿음의 소리

그 소리는 어디로 사라지고
텅 빈 수레만
요란스레 덜컹이는가

이리 삐꺽
저리 삐꺽
덜컹이는가

떠돌이 엿장수는
가위소리라도 풍요로웠지

떠돌이 약장수는
목소리라도 구성졌지

그 옛날 엿장수만도 못한
그 옛날 약장수만도 못한
도떼기시장
날라리 행진곡

지구의 끝에 있더라도

안개꽃

어머니는 매일 성경을 읽으시고
아직 내가
살아있다는 사실만으로도
감사하다

마음이 평안하다
아무것도 부족함 없이
욕심 없이
그냥 그렇게
살아가고 있다는 말을 듣고

내 앞에 앉아
물끄러미 내 얼굴을 바라보던
친구의 눈빛

안개꽃이
하얗게 피어 있는 것을 보면
아무 말 못 하고
하염없이 바라볼 수밖에 없다고
그냥 그렇게
내 얼굴을 바라보았다

느닷없이
안개꽃 얘기를 하는
그 여자의 가라앉은 목소리와
눈망울에 서린 안개

선문답 같은 대화
침묵 속에 식어가는
갈색 커피

지구의 끝에 있더라도

봄

흰 양털 위에 누워
잠이 드신 어머니

흰 배꽃을 바라보며
시를 쓰는 딸

안개 자욱한 봄날
청아한 나나 무스쿠리의 목소리

다시
맑은 피가 돈다

갈색 상 앞에서

글을 쓸 때
이 상 앞에 앉아서
쓰라면서
자기 몸보다 몇 배나 더 큰
갈색 상을 차에 싣고
달려온 여자

조그만 나는
그 고마움을
갚을 길이 없다

이 상 앞에 앉아
차를 마시고
음악을 듣고
책을 읽고
글 한 줄 쓰지 못하면서도
새벽까지 한밤을 지새우며
꺽 꺽 목이 메던 나날

부끄러운 나날
그 깊은 정을

지구의 끝에 있더라도

잊을 수가 없다

몸이 아픈 그녀는
힘든 줄도 모르고
그 먼 길을 달려와
달덩이처럼 웃으며 떠났다

결 고운 무늬
은은한 나무 내음

아무것도 바라는 것 없이
가진 것 모두를
주고 떠나는
소중한 인정

7.

햇살과 안개의 거리

햇살과 안개의 거리

"안개야
너 때문에
내 아내가 못 온단다"

지병으로 고생하다가
샌프란시스코의
짙은 안개 때문에
정든 집을 떠나

오렌지 카운티의
따뜻한 햇살 아래
아들 곁에서
잠시 살고 있는
아내를 그리워하며

한 남편이 쓴
짧은 글

마지막
글

바닷가 마을에서
홀로 집을 지키며
그림을 그리던 남편

갑자기
설렁탕 한 그릇이 생각나
단골집에 들렸다가
그만 쓰러지고 말았다

이 세상과
저세상의 거리

남편과
아내의 거리

삶과
죽음의 거리

햇살과
안개의 거리

장미차를 마시며

골든 게이트가 바라보이는
유리창 너머
4월을 열어주는
보름달이 떴다

장미차를 마시며
시를
음악을
인생을 얘기하는
세 친구

가슴과 가슴이 통하는
친구가 있어

차의 내음이
그윽하고

삶의 맛도
더욱 그윽하다

"앞으로는

이 방의 이름을
만월당이라고 부르겠어요

언제
어디에서
어떻게 살아가던지

우리 셋이서
일 년의 한 번씩은
이 방에서 꼭 만나기로 해요

함께 차를 마시고
달을 우러르며
마음껏 웃고
얘기를 나눠요"

한 맺힌 세월
수묵화 위에
검은 눈물을 뿌렸던

칠순이 넘으신

내 다정한 친구의 목소리

찻잔 속에
장미꽃이 피었다

나이를 초월한
세 사람의
가슴속에
장미꽃이 피었다

밤하늘
보름달 속에도
장미꽃이 피었다

햇살과 안개의 거리

있는 그대로

정다운 이웃들과
밤이 깊어가는 줄도 모르게
웃고 떠들며 거닐던 호숫가

새벽이슬을 맞으며
그곳에 다시 찾아가 보니
호숫가 주변은
물오리떼의 오물투성이였다

어두운 밤의 품속에선
오물인 것도 모르고
자연스럽게 거닐던
여유이던 것이

환한 햇살 아래에서는
물오리떼의 오물을
피해 가느라
조바심을 하는
사람의 마음

마음을 털어내고 보니

있는 그대로
건초더미 오솔길에
오물투성이마저
바람결에 향기롭다

햇살과 안개의 거리

설렁탕 친구

"시키지도 않은
파리까지 따라왔어요"

설렁탕 국물 속에 빠진
파리 한 마리를 바라보며
화내지 않고
웃을 수 있는 여유

투박한
뚝배기의 너그러움

남의 나라에 살면서도
우리는 한 핏줄임을
각인시켜준
신뢰의 시간

기름기를 걷어낸
진국의 만남

김치

전화벨이 울리면
환이는 그녀를
김치 아줌마라고 부른다

그녀가 정성껏 담아 보내준
김치 속엔
오징어, 황석어, 멸치… 등이
들어 있어
사랑으로 버무린
김치를 먹을 때마다
미국이 아닌
한국에 살고 있다는
착각에 빠진다

상한 잎사귀를 다듬고
더러운 것을 씻어내고
알맞게 소금을 뿌려 절이고
정갈하게 물기를 빼
버무렸을 양념

사람이 살아가는 과정도

김치 담그는 일과
무엇이 다를까

나를 다듬고
나를 씻어내고
나를 절이고
나를 정갈하게 가꿔
나를 잘 버무려야
나도 잘 익은
김치가 될 텐데

그녀가 보내준
김치를 먹을 때마다
가슴이 아리다

배꽃 여인

삼월이 가는 마지막 날
우연히
산타 모니카 바닷가에서
만난 여인

사과 주스 두 병과
배꽃을 한 아름
내 품에 안겨주며
수줍게 바라보던 여인

"1972년, 열일곱 살 때
처음 미국에 올 때
뜨와 에 므와앨범 한 장을
가지고 왔어요
그 후부터 지금까지
노래 부르신 앨범과
테이프를 모두 간직하며
얼마나 만나고 싶었는지 몰라요
하나님께 기도했어요
박인희 씨를 꼭 한 번만이라도
만나게 해달라구…"

21년 만의 해후

그토록 눈물로 간구했던
오랜 기도가 이뤄졌다면서
오후의 인파 속으로
사라져 간 여인

이름 모를 한 여인이
몇십 년이 흐르는 동안
얼굴 한번 못 본 채
변함없이
나를 그리워했다니

부족한 나는
가슴이 저리다

테하차피에서 농장을 하며
화장기 하나 없이
죄 한 번 안 짓고 살았을
해맑은 모습의 여인

배꽃을 바라보며
배꽃 향기 같은
소박한 여인을
생각한다

햇살과 안개의 거리

라일락

잊었던
라일락 내음 속에서
마주친 오월

얼마 만인가
서울을 떠난 후
이국의 하늘 아래
L.A.에서 라일락을 만난 것을

아련한
기억의 오솔길

그 숲속에
한 그루 나무로
서 있는 그대

먼 곳에 있기에
더욱더
가까운 나무

자카란다*

아무것도 바라지 않아요
당신 아닌
그 누구도
용심 내지 않아요

향기조차
보내지 않아요

캘리포니아
이 아름다운
하늘 아래

홀로 피었다가
홀로 지면 그뿐

연보랏빛
고뇌의 넋

* 나무이름

지구의 끝에 있더라도

1판 1쇄 2024년 8월 26일

지 은 이   박인희
펴 낸 이   신혜경
펴 낸 곳   마음의숲

편집이사   권대웅
편   집   조혜민
디 자 인   김은아
마 케 팅   노근수

출판등록   2006년 8월 1일(제2006-000159호)
주   소   서울특별시 마포구 와우산로30길 36 마음의숲빌딩(창전동 6-32)
전   화   (02) 322-3164~5   팩스 (02) 322-3166
이 메 일   maumsup@naver.com
인스타그램   @maumsup
용지 월드페이퍼(주)   인쇄·제본 (주)교보피앤비

ISBN 979-11-6285-155-5 04810
      979-11-6285-156-2 (세트)